Quel grand chasseur !

Marc Cantin

Sébastien Pelon

Quel grand chasseur !

Chapitre 1

Le mocassin troué

Nitou ouvre un œil. Il repousse la grande couverture tissée, s'habille en un éclair, et sort du tipi. Dehors, les autres enfants jouent déjà à saute-bison, à "un-deux-trois Totem".

Vite, le petit Indien se dépêche de les rejoindre.
– Ha ! ha ! pouffe son ami Nawo. Ton mocassin est troué !

Nitou n'aime pas qu'on se moque de lui.
– On voit ton gros orteil ! continuent les autres enfants.

Le petit Indien fronce les sourcils. Il lève le menton, et retourne près de son tipi.

Les poings serrés, Nitou va trouver son père.
– Mes mocassins sont usés ! proteste-t-il. J'en veux une nouvelle paire !

Grande-plume-d'aigle-fier-qui-vole-dans-le-ciel-bleu, le chef des Ptitipis, est assis en tailleur auprès du feu, avec les vieux Indiens de la tribu.

Il regarde les mocassins de son fils, et déclare :

– Ils sont seulement décousus. Si tu veux, je peux te les réparer.

– Non ! s'énerve Nitou. J'en veux des nouveaux ! Tout neufs, tout beaux !
– Pour fabriquer des mocassins, il faut une peau, rappelle le chef des Ptitipis à son fils.
– Alors donne-moi un arc, continue Nitou, et j'irai tuer le plus fort des animaux pour avoir la meilleure des peaux !

Son père lui sourit gentiment, et dit :
– Mon fils, tu es trop jeune pour chasser.
– C'est pas vrai ! se fâche Nitou. Je suis grand ! Et je te prouverai que je suis le meilleur chasseur de la tribu !

Les poings sur les hanches, il regarde son père droit dans les yeux.

Les vieux Indiens observent la scène en silence.

Grande-plume-d'aigle-fier-qui-vole-dans-le-ciel-bleu se gratte le menton.

Il se lève et entre dans le tipi. Il en ressort avec un arc et un carquois* à la taille de Nitou.

– Voici mon premier arc, dit-il. Je te le donne. Ainsi, nous verrons si tu es un grand chasseur.
– Hugh ! s'exclame fièrement Nitou en se frappant la poitrine.

Il remercie son père et, son arc à la main, il s'éloigne du camp.

Moqué par ses amis, Nitou part seul pour sa première chasse.

Chapitre 2

Seul dans la forêt

Le soleil monte doucement au-dessus de la plaine.

D'un pas décidé, Nitou suit la piste qui mène à la forêt. Il se glisse sous l'ombre des premiers arbres, et arrive près de la rivière. Pas question de se mouiller les pieds : Nitou saute de pierre en pierre pour la traverser.

Il a rejoint l'autre berge, quand il aperçoit une loutre allongée sur un rocher ! Elle déguste tranquillement une truite au soleil.

Le petit Indien retient son souffle.

Il rampe sous les herbes plus hautes que lui. Sans un bruit. À ce jeu, Nitou est imbattable : plus silencieux qu'un serpent.

Il remonte le long de la berge, et arrive à côté de la loutre. Il se redresse d'un coup, en pointant son arc sous le nez de l'animal. La loutre sursaute et lâche son poisson.

– Euurgh ! s'étrangle-t-elle. Eurgh ! eurgh !
– Ha ! ha ! se vante Nitou. C'est moi le meilleur des chasseurs !
– Attends ! s'écrie la loutre. Attends ! Tu ne prouveras pas ta force en tuant un pauvre animal inoffensif* comme moi !

Nitou hésite un instant.

Suppliante, la loutre le regarde : c'est vrai qu'elle n'a rien de terrifiant.
– Si tu veux devenir le meilleur des chasseurs, poursuit la loutre, tu dois tuer... un renard !

Le petit Indien baisse son arc. La loutre n'a pas tort : un renard ferait un bien meilleur trophée*.
– Un peu plus loin dans la forêt, tu trouveras un terrier, lui confie la loutre. Tu ne peux pas le manquer.

Nitou la remercie pour ce conseil, et, son arc à la main, il repart aussitôt.

Laissant la vie sauve à une loutre, Nitou se remet en chasse.

Chapitre 3

Un renard pas très futé

Le soleil s'élève au-delà des arbres. Nitou saute par-dessus des vieilles souches et des buissons épineux. Il marche longtemps, longtemps, très longtemps dans la forêt…

Quand, enfin, il découvre un terrier derrière un tronc d'arbre mort.

Nitou se cache près de l'entrée, et imite le cri de la perdrix… une fois… deux fois… et le renard pointe le bout de son museau hors de son abri.

– Wahou ! s'exclame Nitou en visant l'animal. C'est moi le meilleur des chasseurs !

– Hé ! sursaute le renard. Attends ! Attends ! Tu ne prouveras pas ta force en tuant un animal aussi stupide que moi !

– Mais… tu es malin ! proteste Nitou.

– Certainement pas, le contredit le renard. Si j'étais malin, tu ne m'aurais pas surpris si facilement.

Nitou hésite un instant.

Le renard le regarde avec des yeux ronds : c'est vrai qu'il n'a pas l'air intelligent.

– Si tu veux devenir le meilleur des chasseurs, poursuit le renard, tu dois tuer… un ours !

Le petit Indien baisse son arc. Le renard n'a pas tort : un ours ferait un bien meilleur trophée.

– Un peu plus loin dans la montagne, tu trouveras une grotte, lui confie le renard. Tu ne peux pas la manquer.

Nitou le remercie pour ce précieux conseil, et, son arc à la main, il repart aussitôt.

Nitou abandonne le renard pour chasser un animal plus gros.

Chapitre 4

La chasse à l'ours

Le soleil commence à redescendre vers l'horizon.

Nitou grimpe, escalade la montagne. Il cherche dans tous les coins, monte encore plus haut… en vain !

Arrivé au sommet de la montagne, Nitou est sur le point d'abandonner ses recherches… quand il distingue une forme noire entre les rochers : la caverne !

À pas de loup, il s'installe au-dessus de l'entrée de la grotte, à califourchon* sur une grosse pierre. Puis, il imite le bourdonnement de l'abeille… Bzzzzzzz… et l'ours, encore à moitié endormi, sort de sa tanière.

– Ha ! ha ! crie victorieusement Nitou en bandant son arc. C'est moi le meilleur des chasseurs !

– Holà ! blêmit l'ours. Attends ! Attends ! Tu ne prouveras pas ta force en tuant un animal aussi faible que moi !

– Tu n'es pas faible ! affirme Nitou.

– J'ai dormi tout l'hiver, explique l'ours. J'ai le ventre vide, et je tiens à peine sur mes pattes.

Nitou hésite un instant.

L'ours le regarde en tremblant, en grelottant : c'est vrai qu'il ne semble pas très féroce.

– Si tu veux devenir le meilleur des chasseurs, reprend l'ours, tu dois tuer… le roi des plaines.

– … Le bison ! devine Nitou.

L'ours a entièrement raison : un bison serait le meilleur des trophées.

Nitou remercie l'ours pour son très précieux conseil, et, son arc à la main, il repart sans attendre.

Après l'ours, Nitou part chasser le bison, le roi des plaines.

Chapitre 5

Le meilleur des chasseurs

Le soleil commence à rougir.

Le petit Indien quitte la montagne, s'enfonce dans la forêt, traverse la rivière en sautillant, et redescend dans la plaine.

Un vieux bison y broute paisiblement.

Nitou s'approche sur la pointe des pieds. Puis il rampe et serpente en silence, persuadé que l'animal ne peut l'entendre.

– Que veux-tu, petit homme ? demande le bison, sans relever la tête.

Surpris, Nitou bafouille :

– Ben… Je veux… je veux devenir… le meilleur des chasseurs.

– Et que comptes-tu faire pour y parvenir ? l'interroge le bison.

– Euh… je vais te tuer, continue le petit Indien, car c'est toi le plus fort des animaux.

– Tu te trompes, dit le bison. Il y a plus fort que moi. Plus fort que tous les autres animaux.

Le bison relève la tête : il n'a pas l'air de plaisanter.

– Et… où se trouve… ce monstre ? demande Nitou.

– Celui qui fait trembler tous les animaux vit derrière cette colline, lui indique le bison. Si tu le tues, tu seras le meilleur des chasseurs.

Nitou sourit timidement. Aucun doute, cette fois, il tient son trophée.

– Bonne chance ! lui dit le bison.

Nitou remercie le bison pour ce conseil, le meilleur des conseils, et, son arc à la main, il repart. Mais le petit Indien ne se presse pas trop. Tout de même, ce monstre doit être terrible ! Il est sûrement très dangereux.

Nitou serre son arc contre lui. Il claque des dents. Ses jambes tremblent.

– Allez, un peu de courage, murmure-t-il pour lui-même.

Le soleil est presque couché. Ses derniers rayons illuminent le ciel.

Son arc en avant, une flèche entre les dents, Nitou s'élance vers ce redoutable adversaire.

Il atteint le haut de la colline, et découvre…

... son village !

Devant les tipis, les Indiens tissent de belles couvertures, peignent leurs chevaux, sculptent un nouveau totem* en chantant. D'autres préparent un grand feu qui durera toute la nuit.

Encore tout étonné, Nitou rejoint le camp. Nawo est déjà rentré. Finies les parties de saute-bison et d'"un-deux-trois Totem".

– Tiens, mon fils rentre bredouille de la chasse, remarque le père de Nitou.

Le petit Indien, épuisé, s'approche de son papa, et il lui explique toute son aventure.

– Le bison a raison, approuve le chef des Ptitipis. Le plus fort, c'est l'homme. Et le meilleur des chasseurs, c'est aussi le plus sage, car il sait ne pas abuser de sa force et de ses armes.

Nitou hoche la tête. Il rend l'arc et les flèches à son père.
– Tu pourras m'aider à raccommoder mes mocassins ? Ils dureront bien encore une année.

Grande-plume-d'aigle-fier-qui-vole-dans-le-ciel-bleu frotte la tête de Nitou, et lui murmure :
– Mon fils, tu commences à devenir sage !

1 L'auteur

Marc Cantin :

« C'est vrai, je l'avoue. Je ne manque jamais une occasion de me déguiser en indien, ce qui me vaut parfois quelques remarques de mes voisins !
Oui, c'est la vérité ! J'attache de temps en temps ma femme au grand chêne qui embellit mon jardin, et je danse autour avec mes enfants en poussant des cris sauvages.
D'accord, d'accord, le chat du voisin couvert de flèches en caoutchouc, c'était moi, l'autre jour, quand j'ai organisé une chasse au bison avec les enfants du quartier.
La hache de guerre ? Je sais, je ne fais aucun effort pour me rappeler où je l'ai enterrée... mais je n'y peux rien si je préfère les sentiers de la paix. Hugh !
Oui, oui, oui, dès que je vois un coq, je cours après pour lui arracher les belles plumes de son derrière ! Et alors ?
Bon... ben... je le confesse, je l'admets, je me confie à vous : je me prends parfois pour Nitou ! »

2 L'illustrateur

Sébastien Pelon :

« Pour aller courir dans les bois, je préfère une bonne paire de baskets. Les mocassins, ça fait un peu sérieux et puis c'est pas très confortable. Alors que les baskets j'adore ça, j'en achèterais bien une nouvelle paire à chaque petite éraflure…

Heureusement, je ne dois pas prendre mon arc et mes flèches à chaque fois que je dois changer de chaussures, parce que je ne suis pas un bon chasseur. La seule chose que je sache faire avec une plume, c'est des dessins. »

Table des matières

Achevé d'imprimer en octobre 2006,
chez Clerc (France).